Sete Lendas Indígenas em Cordel

PEDRO MONTEIRO

Sete Lendas Indígenas em Cordel

ILUSTRAÇÕES
LUCI SACOLEIRA

Ciranda Cultural

© 2024 Ciranda Cultural Editora e Distribuidora Ltda.

Texto
Pedro Monteiro

Editora
Michele de Souza Barbosa

Preparação
Fátima Couto

Revisão
Fernanda R. Braga Simon
Eliel Silveira Cunha

Produção editorial
Ciranda Cultural

Diagramação
Linea Editora

Design de capa
Ana Dobón

Ilustrações
Luci Sacoleira

Dados Internacionais de Catalogação na Publicação (CIP) de acordo com ISBD

M775s	Monteiro, Pedro
	Sete lendas indígenas em cordel / Pedro Monteiro ; ilustrado por Luci Sacoleira. - Jandira, SP : Ciranda Cultural, 2024.
	80 p. : il; 15,50cm x 22,60cm. - (Ciranda Jovem)
	ISBN: 978-65-261-1133-8
	1. Literatura infantojuvenil. 2. Literatura brasileira. 3. Cordel. 4. Lendas. 5. Cultura indígena. 6. Diversidade cultural. I. Sacoleira, Luci. II. Título. III. Série.
2023-1616	CDD 028.5
	CDU 82.93

Elaborado por Lucio Feitosa - CRB-8/8803

Índice para catálogo sistemático:
1. Literatura infantojuvenil 028.5
2. Literatura infantojuvenil 82.93

1ª edição em 2024
www.cirandacultural.com.br
Todos os direitos reservados.
Nenhuma parte desta publicação pode ser reproduzida, arquivada em sistema de busca ou transmitida por qualquer meio, seja ele eletrônico, fotocópia, gravação ou outros, sem prévia autorização do detentor dos direitos, e não pode circular encadernada ou encapada de maneira distinta daquela em que foi publicada, ou sem que as mesmas condições sejam impostas aos compradores subsequentes.

Sumário

A lenda de Iara
6

A lenda do Pequi – o fruto do amor
16

A lenda de Zabelê
26

Como a noite apareceu
36

Cumade Fulozinha – a guardiã da floresta
46

Lenda da Carnaubeira – árvore da Providência
58

Macyrajara – a lenda da Lagoa do Portinho
68

O autor
79

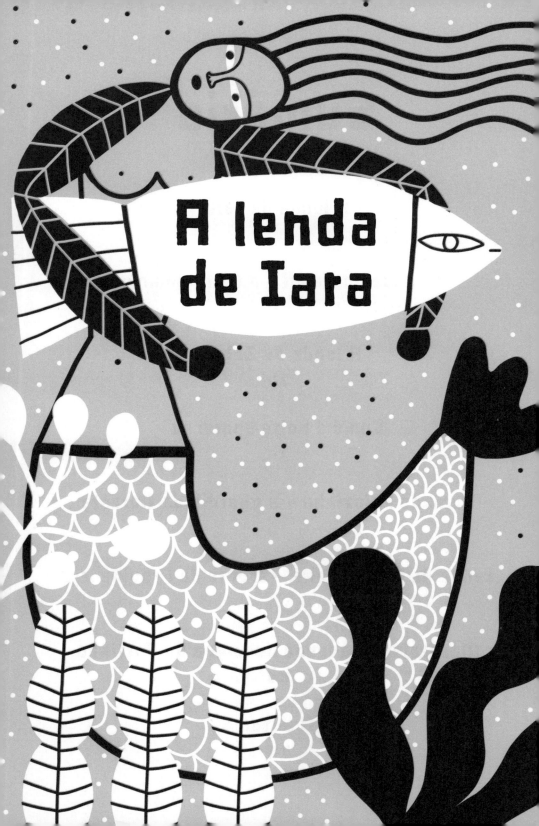

Do folclore brasileiro,
Berço de encanto e magia,
Legado dos ancestrais,
Fonte de sabedoria,
Icei "A lenda de Iara"
Na verve da poesia.

Iara, nossa Mãe-d'água,
Entidade fascinante,
Tem força misteriosa
No seu cantar penetrante
Que seduz homens solteiros
Por seu afã dominante.

Negros e longos cabelos,
Boca suave e pequena,
Olhos meigos sedutores
Sobre uma face morena,
Uma aparente donzela,
Porém, no encanto, é Sirena.

A aldeia onde nasceu
O rio Negro banhava.
Cresceu defendendo a terra
Em que seu povo habitava,
Usando a sabedoria
Que a natureza lhe dava.

Iara, ainda mocinha,
Se fazia independente,
Enfrentando desafios,
Vencendo-os bravamente,
Na luta por melhor sorte
Para toda a sua gente.

Zelosa em suas tarefas,
Dedicada pescadora,
De animal e mel de abelha
Uma exímia caçadora,
Tornou-se para a aldeia
Jovem muito inspiradora.

Era filha do pajé,
Por ele muito estimada,
Uma brilhante guerreira,
Também bastante invejada.
Até na sua família
Tinha gente despeitada.

Falo dos seus dois irmãos,
Que, num impulso mesquinho,
Culparam o próprio pai
De não medir com alinho,
Dispensando para Iara
Um desmedido carinho.

Guiados pelo despeito,
Impondo a lei do mais forte,
Tramaram agir em dupla,
Almejando maior sorte,
E à meia-noite punir
A própria irmã com a morte.

Depois jogar o seu corpo
Dentro de um igarapé,
Bastante longe dali,
Na região de Tefé.
Dessa forma ela seria
Comida por jacaré.

Mas Iara, percebendo
Suceder algo de errado,
Pôs a serviço os sensores
Do seu ouvido aguçado,
Frustrando o plano nefasto
Que já estava desenhado.

Entrou em luta com eles
Com violência brutal.
Foi um combate sangrento,
Teve desfecho fatal:
Venceu os dois agressores
Com sua lança mortal.

Depois, com medo do pai,
Para a aldeia não voltou.
Sentindo a falta dos três,
O pajé os procurou;
No decorrer de alguns dias,
Somente a filha encontrou.

Por isso lhe perguntou:
– O que foi que aconteceu?
De forma muito assustada,
Iara lhe respondeu:
– Eles queriam matar-me,
Mas quem os matou fui eu!

Sabendo do acontecido,
O pajé mandou chamar
O cacique e lhe ordenou:
– É necessário vingar
O sangue dos dois guerreiros
Que Iara fez derramar.

Com pés e mãos amarrados,
Sem ouvir explicações,
Jogaram Iara nas águas,
Sufocando seus pulmões
Junto à foz dos dois gigantes,
Rios Negro e Solimões.

Consumada a crueldade
Nesse impiedoso rito,
Depois que o corpo afundou,
Ouviu-se um sonoro grito
E surgiu um clarão n'água.
Com ele, nasceu um mito.

Diante desse esplendor,
O encanto aconteceu:
Iara virou Mãe-d'água,
Assim Tupã concedeu;
Um ser multifacetado
Hoje é o destino seu.

Ao se aproximar a noite,
Surge algo muito instigante:
Ecoa um canto das águas
De efeito extasiante,
Que, se houvesse tradução,
Teria esta variante:

– Estou no encanto que habita
Rio, lago e igarapé.
Sou nadadeira dorsal
Do peixe tucunaré,
Mistérios não revelados
Na vazante da maré…

O soar dessa cantiga
Tem outra motivação:
O de espantar maus espíritos
Que atraem a solidão;
Por causa disso também
Se traduz em tentação.

Além da farta magia
Agindo calidamente,
Essa deusa sedutora
Tem a voz onipresente,
Corpo metade de peixe
E outra metade de gente!

O pescador, ao sentir-se
Atraído por seu canto,
Será por ela levado
Sob efeito de quebranto,
Sendo que nas profundezas
Também sofrerá encanto.

Na confluência onde os rios
Têm enigmático elo,
Entre os mistérios ocultos,
Num submerso castelo,
É que a Mãe-d'água mantém
Aposento rico e belo.

Enquanto dentro das águas,
É uma ninfa fagueira,
Mas, pisando em terra firme,
Disfarça-se de guerreira;
Para emboscar pretendentes,
Transforma-se em feiticeira.

Assim, os seus desejados
Sempre serão atraídos
Com manifestos afagos
Pelos sinais emitidos.
Por causa disso, hoje há
Muitos desaparecidos.

Inda que esse tenha a sorte
De conseguir escapar,
A mente fica aluada,
Atrofiando o pensar,
E só o pajé dá jeito
De esse feitiço cessar.

No seu ritual de cura,
O cachimbo do acalanto
Age contra a dependência
Revelada no tal canto,
E o *gûarinim* se refaz
Quando termina esse encanto.

A Iara, com seus mistérios,
Evoca imaginação
Numa ode à natureza,
Divinal inspiração
De consciência aplicada
Em prol da preservação.

No imaginário do povo,
Tem sua forma altaneira,
Dos rios é a Mãe-d'água,
Deusa com alma guerreira;
Na vastidão do folclore,
Uma lenda brasileira.

Esta narrativa em versos
Tem base no que ouvi,
Junto com boas pitadas
De conteúdos que li.
O mundo da tradição
Foi a fonte onde bebi.

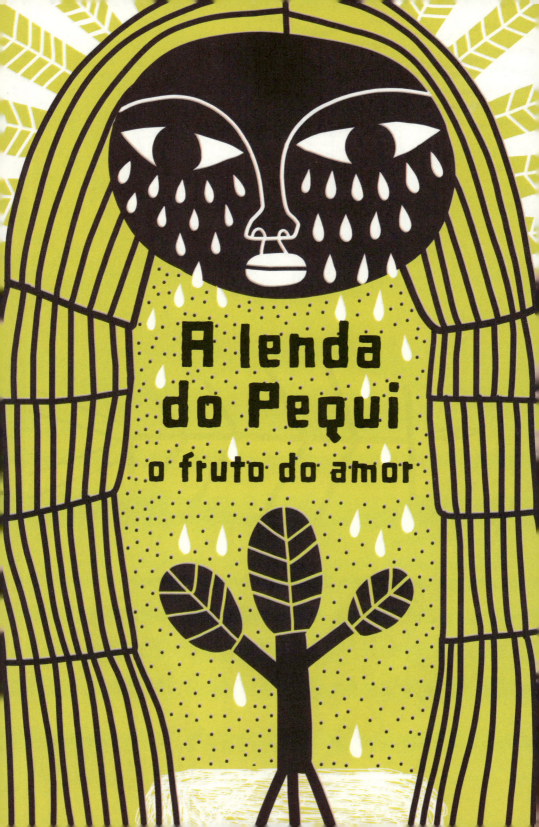

Revisitei na memória
Alguns dos contos que ouvi
Assuntando dos mais velhos
E outros nos livros que li,
Para narrar em cordel
Sobre "A lenda do pequi".

Tainá-racan era a índia
Mais bonita da aldeia.
Dentro da noite estrelada,
Seu rosto era lua cheia.
No meio dos pirilampos
Brilhava feito candeia.

Seu corpo bem desenhado
Tinha feição sorridente,
Uma deusa encantadora
De saber onividente,
Era uma flor vicejante
Atraindo pretendente.

A Amazônia brasileira
Foi o palco dessa cena
Em que essa protagonista,
Com sua pele morena,
Ao caminhar entre as flores,
Parecia uma açucena.

O guerreiro Maluá,
De uma maloca vizinha,
Numa feliz caminhada,
Encontrando-a sozinha,
Na ânsia de conquistá-la
Lhe jogou uma florzinha.

Ela olhou pra ele e disse:
– Receba de volta a flor...
Já entendi o seu pedido.
Faça-me agora o favor
De conservá-la consigo
Para o bem do nosso amor.

Maluá guardou a flor,
Cheio de satisfação.
Ao entender que Tainá
Já lhe nutria afeição,
Sentiu também o cupido
Flechar o seu coração.

Depois, em frente a um ipê
De copa muito florida,
Sobre um chão amarelado
Pela florada caída,
Prometeu para Tainá
Amá-la por toda a vida.

Com as bênçãos do pajé,
Num alegre fuzuê,
Foi celebrado o enlace
À sombra daquele ipê,
Onde foram comparados
A um casal de zabelê.

Ao passar de algumas luas,
Tainá perguntou-lhe um dia:
– Onde está Kananciué,
Senhor da sabedoria,
Que não traz o nosso filho,
Razão da nossa alegria?

Maluá lhe deu um beijo
E de pronto respondeu:
– É só uma questão de tempo
O que ele nos prometeu:
Ter a bênção dos espíritos
Entre o meu corpo e o seu.

Ela, deitada em seu colo,
Depois de ouvir tudo aquilo,
Logo se encheu de desejos.
Sob o olhar de um esquilo,
Foram tomados de amores,
Ouvindo o cantar de um grilo.

Nove meses se passaram
Ansiando essa bonança.
O casal muito feliz
E cheio de confiança
Na hora mais esperada
Da chegada da criança.

Numa fria madrugada,
Ao cantar de um juriti,
Num aposento forrado
De palhas de buriti,
O menino veio ao mundo
Com o nome de Uadi.

Era um curumim sadio,
Muito formoso e amado.
Cresceu com desenvoltura,
Mas foi mais tarde insultado
Por ter a pele morena
E o cabelo amarelado.

Tainá logo se apressou
A consultar o pajé
Para lhe dar uma luz
Ante o grande labacé,
E orientada dizia:
– O pai é Kananciué.

O deus de todas as matas
Recebeu-o com alegria
Como se fosse ofertório,
Por isso contribuía
Ensinando pra Uadi
Quase tudo o que sabia.

Primeiro o nome das coisas,
Depois caçar e pescar
Animais da natureza,
Mas também a respeitar
Florestas, rios e lagos,
Seu legítimo lugar.

Mas um dia o dissabor
Brotou naquele rostinho.
Ao ver Maluá saindo
Por um incerto caminho,
Uadi mais que depressa
Levantou o seu dedinho.

Dizendo para Tainá:
– Eu já sei aonde ele vai:
Matar em nome da guerra,
Para isso é que ele sai!
Sendo assim, irei pro céu
Ao encontro do outro pai.

Maluá disse: – Filhinho,
Eu irei, sim, para a guerra.
E ao voltar, se não te vir,
O meu coração se emperra...
Nem fale em subir ao céu,
O seu lugar é na terra!

Mesmo assim, a Andrerura,
A grande arara vermelha,
Deu de garra a seu espírito
Igual levasse uma abelha.
Bateram asas pro céu
Numa divina parelha.

Maluá ficou tristonho
Nesse momento primeiro.
Mas o pajé lhe falou:
– Tenha calma, meu guerreiro...
O deus Tupã cuidará
Do seu novo paradeiro.

Nesse tempo os animais
Ouviam Kananciué,
Falavam como os humanos.
Tainá até tinha fé
Nos conselhos que pedia
Ao amigo jacaré.

Por ver a Tainá tristonha
E ser muito amigo dela,
O jacaré prometeu
Ser dos rios sentinela
Se os espíritos agissem
Intercedendo por ela.

Kananciué, deus das matas,
Numa sábia solução,
Evocou da natureza
O poder da criação
Para sanar em Tainá
A dor da separação.

Mesmo assim, Tainá ainda
Por mais três dias chorou;
Do seu pranto derramado
Uma plantinha brotou,
Cresceu bastante e depois
Muito frondosa ficou.

Já na primeira florada
Atraiu muitos saguis;
E nessa árvore copada
Botar o nome ela quis:
Chamou-a de pequizeiro,
Matriz de muitos pequis.

Nos frutos ela sentiu
A presença do filhinho,
O aroma inconfundível,
Coração cheio de espinho,
E a sua polpa lembrava
Seu cabelo amarelinho.

Bastante vitaminado,
De acentuado sabor,
Do ânimo sexual
Brilhante estimulador,
Por isso considerado
Sagrado fruto do amor.

Sendo uma planta nativa
Quase no Brasil inteiro,
A região do Cerrado
É o seu maior celeiro,
Do Sudeste, Centro-Oeste
Ao Nordeste brasileiro.

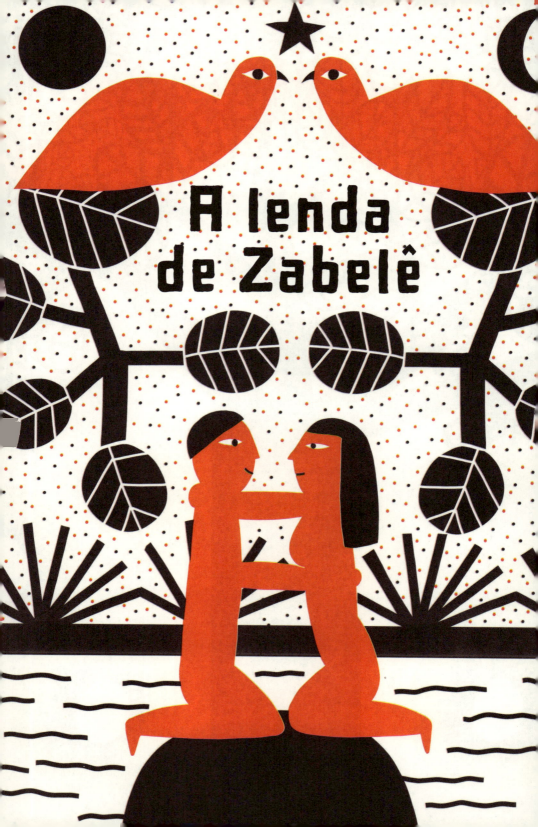

Sete lendas indígenas em cordel

O ciúme tem um peso
Capaz de dilacerar.
Até coração valente
Sente a sanha no pulsar.
Além de outros dissabores,
Tira o direito de amar.

E, para exemplificar,
Repare no caso que segue:
Numa paixão desmedida,
Com o cerne da alma entregue,
Até sentimento insano
Não há coração que negue.

Na nação Amanajós,
Um chefe tinha uma filha.
Chamava-se Zabelê,
Uma afável maravilha,
E seu cuidado de pai
Sempre evitava armadilha.

O cacique pretendia
Nutrir no seu coração,
Além de amor e vivência
Do espírito guardião,
Que também a moça fosse
Valente de coração.

Pedro Monteiro

Ele ensinou-lhe as veredas,
Também cada igarapé.
E pra uma boa existência
Ter em Tupã muita fé,
Vivendo às margens dos rios
Itaim e Canindé.

Antigo Rancho dos Patos,
Como era chamado ali,
Região bastante fértil
À margem do rio Poti,
Onde hoje se localiza
Castelo do Piauí.

Lugar privilegiado
Em recursos naturais,
Com frutas e mel de abelha,
Caça, pesca e vegetais.
Por isso sempre enfrentava
Interesse de rivais.

Por estar sob tensão
Em disputa nas fronteiras,
Com uma nação rival
Do sertão das Pimenteiras,
O conflito denotava
As atitudes guerreiras.

Sete lendas indígenas em cordel

O cacique Amanajós,
Por sua vez exaltado,
Dizia para o seu povo
Manter-se bem resguardado:
– Com a nação Pimenteiras
É preciso ter cuidado!

Havia um índio entre eles,
Cujo nome era Metara,
Um destemido guerreiro
De uma beleza rara.
Zabelê, quando o avistou,
O coração quase para.

Era uma noite de lua,
Tupã assim concedeu.
Ao encontrá-lo no banho,
O seu corpo estremeceu.
Mesmo correndo perigo,
Não se desvaneceu.

Teve um misto de euforia
Com ligeira apreensão
Pela briga entre os dois povos,
Se dizia *sim* ou *não*
Ao mais nobre sentimento
Vindo do seu coração.

Pedro Monteiro

Insistiu em contemplar
Aquele corpo molhado.
E ele, ao perceber que
Por ela era observado,
Voltou-se à índia e lhe disse:
– Sei que serei seu amado.

Depois também se rendeu
Aos encantos do amor.
Seu coração no momento
Não sentiu nenhum temor
De que essa paixão proibida
Terminasse em dissabor.

Pegou Zabelê nos braços,
Beijando-a docemente.
Com isso, sentiu girar
O mundo dentro da mente,
E o amor na alma dos dois
Plantou profunda semente.

Sempre que a felicidade
Nos revela uma aquarela,
Agradecemos aos céus,
Com o olhar fixo na tela.
Assim, Zabelê não viu
Que alguém espionava ela.

Sete lendas indígenas em cordel

Duas luas se passaram
Naquela mesma pisada.
Zabelê saindo só,
E quase sempre apressada,
Caçava favos de mel,
Mas em quantia minguada.

Agora bem confiante,
Mais livremente ela andava
Sozinha dentro da mata.
Com Metara se encontrava,
Mas cada passada sua
Tinha alguém que vigiava.

Era o jovem Mandahu,
Que entre seu povo vivia.
Ele ficava à espreita,
Esperando que um dia
Zabelê o namorasse
Com firmeza e galhardia.

Mas, ao perceber seu plano
Esvair-se como vento,
A maldade aflorou logo
Dentro do seu pensamento,
Enchendo seu coração
De um amargo sentimento.

Pedro Monteiro

E por isso os delatou
Como forma de vingança.
Porém, a moral dos três
Caiu na desconfiança,
E cada sentenciado
Teve a morte como herança.

Metara, o bravo guerreiro,
De Mandahu se vingou,
Sendo que um amanajós
A sua vida ceifou,
Dando início a uma guerra
Que quase não terminou!

Dos valentes pimenteiras
Pereceram mais de cem,
Tendo havido grande baixa
Nos amanajós também.
Assim, dos pivôs da briga
Não escapou ninguém.

Pois Zabelê, ao sentir
Que estava desamparada,
Com seu namorado morto
E por seu povo negada,
Ingeriu manipueira,
Sendo assim envenenada.

Sete lendas indígenas em cordel

Mas, corrigindo injustiças,
Tupã, muito generoso,
Não permitiu triste fim
Para um par tão amoroso,
Devolvendo-lhes a vida
Num feito maravilhoso.

De Mandahu fez um gato
Com dias muito agitados.
Já uma sorte maneira,
Tendo os destinos traçados
Por um cenário de amor
Unido os dois namorados,

Transformou-os num casal
De inhambu com penas lindas.
O deus Sol e a deusa Lua
Deram-lhes as boas-vindas;
Duas Zabelês coroadas
Com sutilezas infindas,

Sendo cada qual mais bela,
Em posição vantajosa,
Andando pelas campinas
Com simpatia garbosa,
E o gato sempre em perigo
Por ter pele preciosa.

Pedro Monteiro

O gato maracajá
É animal procurado.
Nas armas dos caçadores
Ele é bastante mirado.
Assim, terá que lutar
Para não ser dizimado.

Os povos originários,
Do Cerrado ao litoral,
Têm no esplendor da vida
O seu maior cabedal,
Ante a constante agressão
À cadeia natural.

Agora vou terminar
Esta lenda em poesia,
Num gesto de gratidão
A Tupã, deus que nos guia,
Descortinando mais uma
História que o povo cria.

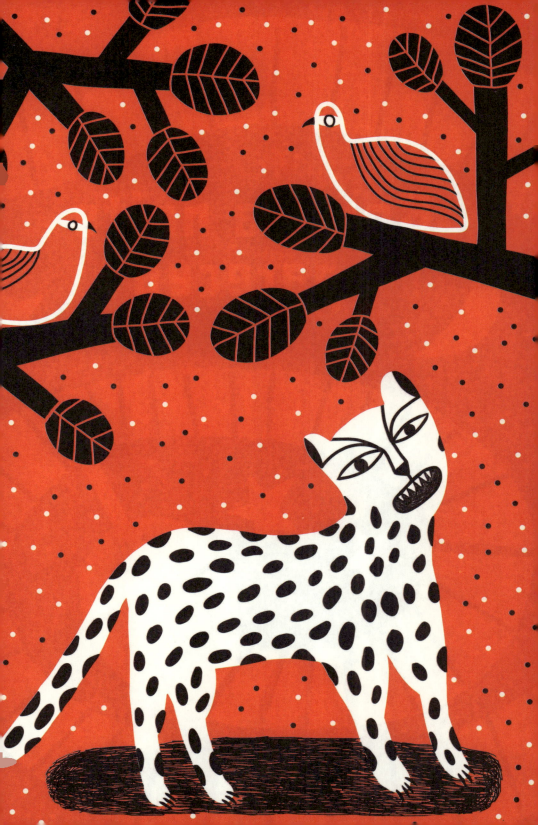

Quando não havia noite,
Dia somente existia.
Os olhos podiam ver
Tudo o que acontecia.

O Sol enviava à Terra
Os elementos da vida,
Enquanto no Amazonas
A noite estava escondida.

Animais não existiam,
Todas as coisas falavam,
Numa aparente harmonia
Entre os seres que habitavam.

Foi de um enlace na aldeia
Que surgiu forte alvoroço,
Quando a filha do pajé
Desposou um bravo moço.

O moço, depois da festa,
Convidou-a pra dormir.
A esposa respondeu-lhe:
– Nem adianta insistir.

"Como quer dormir comigo
Se ainda não chegou a noite?"
– Mas a noite não existe!
– Ele afirmou com afoite.

A moça insistiu, dizendo:
– Só eu sei onde encontrá-la.
Se queres dormir comigo,
Cuida de mandar buscá-la.

"Pelas agruras da vida
Ou nuances de um açoite,
Por elevada sabença
Só o meu pai tem a noite.

"O seu nome é Cobra Grande,
Pajé de sabedoria,
Que virou uma serpente
Por sua própria magia."

A seguir contou-lhe a história,
Como tudo aconteceu,
Quando o pai levou a noite
E com ele a escondeu.

Sendo o motivo do feito
Sentiu-se contrariado
Com o seu brio ferido
E o coração magoado.

Ao bater em retirada,
Nos impôs este castigo:
Refugiou-se no rio,
Guardando a noite consigo.

Com isso, todos ficaram
Em triste situação,
Sem a lua, sem estrelas,
Somente o sol em clarão.

Não desfrutavam mais
De um terreiro enluarado
Nem da beleza que habita
Um céu azul estrelado.

Curumins sentiam falta
De ouvir antes de dormir
Contos que prenunciassem
Um aprazível porvir.

O povo não prosperava,
Num retrocesso brutal.
Sem o fascínio da noite,
Reinava a face do mal.

Deu o sono seu adeus;
Com isso, o sonho cessou.
Sem os encantos da noite,
Até lágrima secou.

Depois de ouvir o relato
Da dimensão do problema,
O moço entrou em ação,
Usando um estratagema.

Persuadir o Cobra Grande
A desatar esse nó,
E que devolvesse a noite
Mesmo que fosse por dó.

O moço tinha três fâmulos
Fiéis à sua vontade.
Chamou-os para servi-lo
Em nome da lealdade.

A partir daquele instante,
Nomeou-os emissários.
Para encontrar Cobra Grande
Foram os três funcionários.

Ordenou que lhe dissessem:
– Sua filha está em pranto.
Ela suplica ao senhor
A nulidade do encanto.

Eles seguiram ligeiro
A bordo de uma canoa,
Dois fortemente remando,
Outro cuidando da proa.

Chegando lá, procuraram
Nas profundezas do rio
Aquele que fez da Terra
Um espaço doentio.

Depois de incessante busca,
Finalmente o encontraram
Nas águas do Amazonas,
E só então lhe falaram.

Ao receber o recado,
Cobra Grande lhes sorriu...
Muito feliz, satisfeito,
Depois de tudo o que ouviu.

Então, aceitou que a filha
Superasse aquele mal,
Devolvendo-lhe a noite
Para o seu curso normal.

Pegou um pequeno coco
Bem lacrado, com labor,
E entregou-o prontamente
Ao mais velho portador.

E disse: – Se não quiseres
Quebrar o nó dessa teia,
Só abras o tucumã
Quando chegares na aldeia.

O portador, com o coco,
Após ouvir um chiado,
Tirou a cera e o abriu,
Burlando o recomendado.

Então, naquele momento,
Uma surpresa se deu:
Bastou um piscar de olhos,
Logo a noite apareceu!

Ouviram coaxar os sapos
E grilos fazendo festa,
E a aura dos bons espíritos
Vibrando em toda a floresta.

O mundo virou uma festa,
As coisas se transformaram,
Algumas criaram formas,
Outras se modificaram.

A canoa que remavam
Transformou-se em grande pato;
Seus remos viraram pés
Que nadam e andam no mato.

Com isso um fâmulo disse:
– Castigo receberemos.
Todos nós somos culpados
Quando desobedecemos.

A escuridão que ora vemos
Todo mundo percebeu,
Em toda parte da mata
No mesmo instante se deu.

O brilho da estrela-d'alva
Sobre a moça impactou,
Em nova realidade
Que o mundo transformou.

Ela aceitou prontamente
Dormir com o seu marido,
E foi só felicidade
Depois desse acontecido.

A punição dos criados
Por causa dessa imprudência
Foi virarem três macacos
Pela desobediência.

Os viventes da floresta
Foram assim divididos,
Para além do dia, à noite,
Seus cantos foram ouvidos.

Agora, ao findar o dia,
Acende estrela no céu,
Enquanto os seres noturnos
Dão início a um escarcéu.

É louvor à natureza
Em tamanha animação,
Como reconhecimento
Ao poder da criação.

Sublime manto da noite,
Cobrindo o rosto do dia,
O cintilar das estrelas
Tem o brilho da poesia.

Assim termina esta história
Entre o espinho e a flor,
Uma ode à natureza
Pelos desígnios do amor!

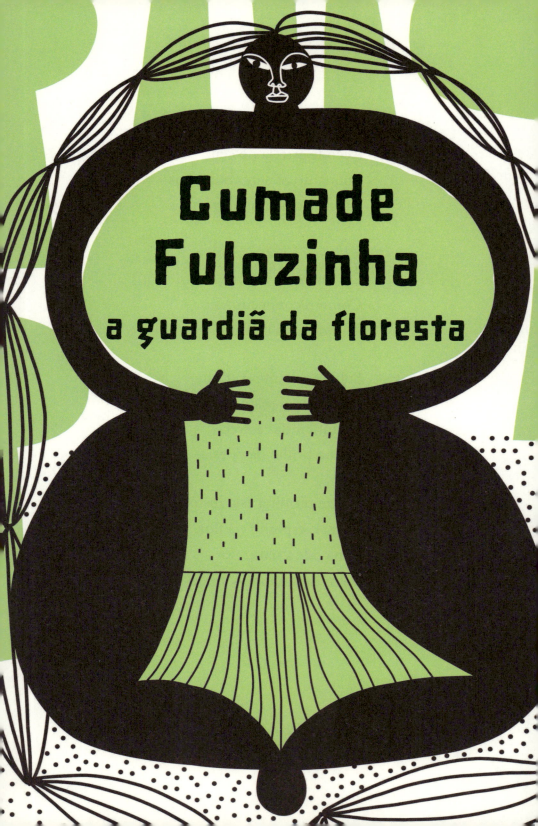

Lembro os contos narrados
Pela minha vovozinha,
Sendo alguns remanescentes
Do tempo da Carochinha.
Nessa mesma trajetória,
Ela contava a história
Da Cumade Fulozinha.

Eu só tinha doze anos,
Mas desde os oito caçava,
Por isso dava atenção
Ao causo que ela contava.
Sempre ali de prontidão
Ouvindo com emoção
Tal que nem pestanejava.

Meu pensamento vagava
Nas ondas do burburinho
Sobre esse ser encantado,
Girando em redemoinho,
Tal qual uma tocha acesa,
Num desnudar de surpresa
Pelas curvas do caminho.

Seus feitos mirabolantes
Têm versões de toda sorte
No Nordeste brasileiro,
Parte do Sudeste e Norte.
Das peraltices contadas,
Todas elas praticadas
Na sua vida pós-morte.

Fulozinha, aos sete anos,
Pela astúcia já prendia
Grande atenção dos adultos,
Pois seu tino possuía
Destreza de liberdade,
Com muita sagacidade
Num mundo de fantasia.

Foi assim que certo dia,
Por arte de um feito seu,
Ao seguir um beija-flor,
Na floresta se perdeu.
Virou estrela cadente,
Reaparecendo somente
Quando o encanto se deu.

Como espectro, até hoje
Sua fama é destacada.
Age por toda a floresta,
Mesmo de face envultada,
Sempre promovendo medo,
Peraltice e arremedo
Na forma de presepada.

Nos campos e nos terreiros
Faz redemunho de vento,
Provoca rodopiado.
Pelo brusco movimento,
Causa grande desmantelo,
Embaraçando o cabelo
De quem está desatento.

Por isso, uma trança feita
Na crina de um animal
É prenúncio da presença
Desse ser fenomenal.
Às vezes, faz um rabicho
E deixa a pose do bicho
Numa feiura brutal.

Ouvem-se dos caçadores
Diversos causos narrados,
Que, na escuridão da noite,
Já foram afugentados
Pela suposta visagem.
Uns ficaram sem coragem,
E os outros, desatinados!

Até nas noites de lua
Não ameniza o rigor
Na arte de amedrontar
Um intruso caçador.
Ou ele lhe pede arrego
Ou trocará seu sossego
Num grande circo de horror.

Alguns afirmam que ela
Tem prazer de castigar
O cão que for estumado
E na mata se embrenhar.
Quem quiser poupar seu cão,
Sua única solução
É desistir de caçar.

Nas palavras da vovó,
Depressa me recordei
De uma vez, numa caçada,
Um vexame que eu passei.
Foi noitada cabulosa,
Além de escura, chuvosa,
E do assombro lhe contei:

– Saímos, eu e meu pai,
Para mais uma caçada.
Até aquele momento
A noite estava estrelada,
Porém, bastou um instante,
O céu mudou de semblante
Com lampejo e trovoada.

Nossa cachorra Baleia
Era a melhor garantia
De sucesso nessa empreita
Pela sua valentia.
O tatu que ela acuava,
Depois que ela o dominava,
Por entre os dentes latia.

Seguíamos uma trilha
No clarão do candeeiro,
Quando ouvimos alaridos
Por detrás de um imbuzeiro.
Nossa cachorra gania.
O prenúncio parecia
Arte de um catimbozeiro,

Como se estivesse presa
Por armadilha certeira,
As lapadas ressoavam
Como de uma açoitadeira.
A pobre se maldizia,
Porque aquilo parecia
Não ser nada brincadeira.

Após a tremenda surra,
Ela chegou assombrada
E deitou-se aos nossos pés
De uma forma acabrunhada,
Como quem diz: "Me acuda",
Implorando por ajuda
Para não ser açoitada.

Eu perguntei ao meu pai:
– O que faremos agora?
Ele, firme, respondeu-me:
– Teremos que ir embora.
E afirmou, franzindo a testa:
– É um ente da floresta,
É parente do Caipora.

Então disse a minha avó:
– Sei que isso foi confirmado,
Pois também presenciei
Esse ato mal-assombrado.
Minha avó então concordou
E ainda salientou:
– Foi mesmo um ente encantado!

Ela faz dos seus cabelos
Eficaz açoitadeira.
Acerta o devastador
Na pontaria certeira.
Isso é motivo de festa,
Pois proteger a floresta
É sua missão primeira.

E se alguém ouvir na mata,
Bem longe, um assobiado,
Para evitar esse encontro,
Mesmo que saia apressado,
Terá sobrosso patente
Ao sentir onipresente
Aquele assombro do lado.

Chega sorrateiramente,
Mas demonstra seu furor.
Sacode galhos das árvores
Num gesto sabotador.
Para aumentar sua fama,
Transforma o cabelo em chama,
Com efeito assustador!

Ela deixa o forasteiro
Com a cuca perturbada,
Zum-zum-zum no pé do ouvido,
A mente desnorteada,
Sem um ponto de partida,
Porque não lembra a saída
Nem onde foi a entrada!

Quem adentrar a floresta,
Cuidado no proceder:
Agradar à Fulozinha
É fazer por merecer
Uma caçada feliz,
Sem empinar o nariz,
Como quem paga pra ver.

Sua cabeleira grande
Cobre o corpo por inteiro.
Somente o rosto é visível,
Notadamente faceiro.
Mas, se lhe pede um agrado,
É bom tê-lo reservado
Ou mude logo o roteiro!

Suas prendas preferidas,
Em generosa porção,
Além de fumo de rolo
Pendurado num cordão,
Frito feito de tatu
Ou um doce de caju
Ela recebe na mão.

Como adora ouvir um sim,
O não ela nunca aceita.
Mingau de mandioca-puba
É predileta receita.
Mas, como um gesto fiel,
Canjica e favo de mel
São prendas que nunca enjeita!

Só depois de saciada
Imbui-se de lealdade,
Dando um assobio curto,
Sinal de boa vontade.
Mas, se alguém abrir a boca
E a chamar de "caboca",
Provará sua ruindade.

Tem uma presença de mito
Que o tempo nunca desfaz,
Sempre em defesa da vida,
Em atitude é capaz
De forjar cenas de horrores,
Assustando os predadores
Com o seu jeito sagaz.

Assim, no mundo mítico,
Ela é sempre respeitada.
Por proteger a floresta,
De Mãe do Mato é chamada.
Não dá trégua pra ninguém.
Com isso a fauna também
Mantém-se mais preservada.

É uma lenda brasileira,
Isso ninguém o ignora.
Tem traços de Curupira
Em um vulto de Caipora;
É mais uma afirmação
Da diversificação
Dos valores que incorpora.

No imaginário do povo,
Muito além dos animais,
Ela protege a floresta
E os recursos naturais.
Com peraltice e destreza,
Nos revela uma certeza:
É uma lenda e muito mais!

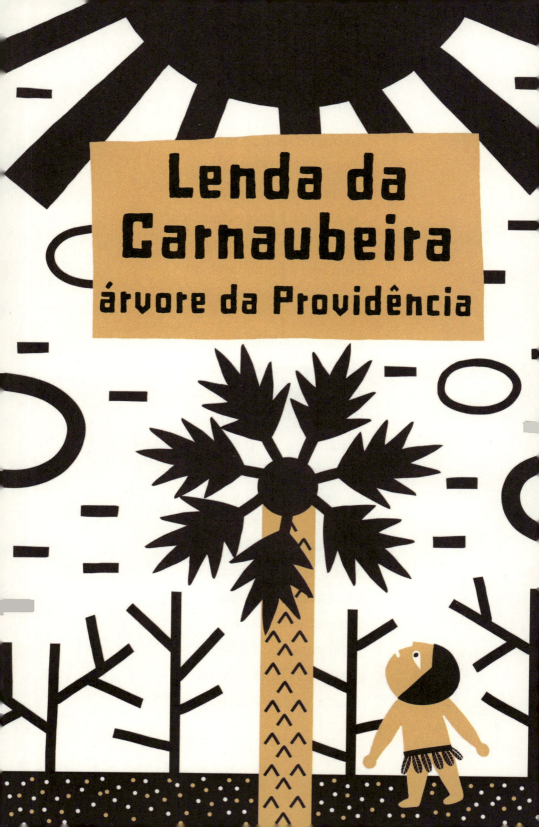

Dentre as mais nobres riquezas
Desta terra brasileira,
Falarei sobre a história
De uma encantada palmeira,
Hoje conhecida como
"Lenda da carnaubeira".

Reza a lenda, numa terra
Rica de paz e harmonia,
As plantações vicejavam
Depois que a chuva caía.
Tudo que fosse plantado
Rompia a cova e crescia.

Com o passar de algum tempo,
Tudo começou a mudar:
Impiedosamente, o sol
Fazia a terra secar.
Com isso o povo dali
Viu seu mundo desabar.

Muitas luas se passaram
Sem uma gota chover.
A terra já ressequida
O sol chegava a romper.
Rios e lagos secavam
E faltava o que comer.

Pedro Monteiro

Não havia mais nascente,
Nem lama em igarapé.
O povo foi convocado
Por sugestão do pajé
Para que manifestasse
Os seus motivos de fé.

Fizeram danças e cânticos,
Costumeiros rituais.
Ainda assim definhavam
Vegetais e animais.
Em vez da voz do trovão,
O sol queimava era mais.

A sequidão era muita,
Com tantos sacrificados.
Um grande tormento e dor
Ante tantos flagelados.
E os urubus devoravam
Os corpos abandonados.

Daquele povo guerreiro,
De uma forma especial,
O deus Tupã protegeu
Um menino e um casal,
E os fez sobreviventes
Daquela seca fatal.

Os três saíram penando
Numa triste caminhada.
Com sete dias de lida,
Entraram numa chapada,
Se deparando com uma
Grande palmeira copada.

Foram descansar debaixo
Da árvore guardiã,
E esse frescor parecia
O da brisa da manhã,
O que lhes deu a certeza –
Ser presente de Tupã.

Vencidos pelo cansaço,
Os velhos adormeceram.
O curumim assuntou
Que as palhas se remexeram.
Na copa estava uma moça,
E uma conversa teceram.

Ele perguntou: — Quem é?
– Me chamo Carnaubeira.
– Mas você está falando...
Só pode ser brincadeira!
– Não! Ouça, vou lhe contar
Uma história verdadeira.

"No passado, minha gente
Foi bastante castigada.
Tendo morrido o meu povo,
Eu também fui dizimada,
Mas Tupã me transformou
Nesta palmeira encantada.

"Ouça com muita atenção
O que o destino lhe diz:
Um sábio se portará
Como um eterno aprendiz.
Quem observar direito
Será bastante feliz."

E o curumim perguntou:
– O que devo observar?
Mais uma vez ela disse:
– Ouça o que vou lhe falar:
A natureza é a fonte
Que é capaz de salvar.

"Talhe meu tronco, e a seiva
Irá matar sua sede,
Das minhas palhas e talos
Tecerá a sua rede,
E lhe servirão também
De cobertura e parede.

"O talo fino da folha
Lhe servirá de peneira;
A parte nobre do olho
Para construir esteira;
Meu tronco em sua cabana
Pousará de cumeeira.

"Dou resistência na cerca,
No formato de mourão,
Sou suporte impermeável
No casco de embarcação,
Estou no cesto de palha,
Vassoura, abano e surrão.

"Eu sou viga, caibro e poste,
Também a ripa possante.
Meu pó se transforma em cera,
Verniz e lubrificante;
Dentre os fármacos produtos,
O pellet e o laxante.

"Além da pasta que serve
Para engraxar os sapatos,
Dos artesãos sou as peças
Feitas em vários formatos
De utilitários domésticos,
Entre outros bons artefatos.

"É feito depurativo
Da minha raiz cozida.
Também é bastante usada
Cicatrizando ferida,
Servindo pra melhorar
A qualidade da vida.

"Meus frutos têm serventia,
De muito jeito se come,
Em polpa ou na sembereba
Darão vigor em meu nome,
Servidos de muitas formas
Para matar a sua fome.

Sou bom chapéu que sombreia
E o protege do sol.
Sirvo de abrigo aos pássaros
Da aurora ao arrebol,
À noite, amenizo o frio
Como se fosse um lençol.

"Arrefeço o seu calor
No sol quente do verão.
Me mantenho sempre verde,
Qualquer que seja a estação.
Sou uma moça encantada
Usando um leque na mão."

Quando viu seu povo triste,
O deus Tupã teve pena,
E em uma metempsicose,
De forma muito serena,
Deu vida à carnaubeira
Que resultou nessa cena.

Com isso o povo nativo
Contempla sempre a beleza
Da árvore encantadora
No seio da natureza,
Além da diversidade
Na produção de riqueza.

Já nas primeiras chuvadas
A carnaúba floresce.
Logo um polinizador
Em sua flor aparece.
Pela multiplicação
A natureza agradece.

É muito bom ver no prado
Verde babugem brotando;
Rios e igarapés
Com cachoeiras roncando;
Entre o florido das matas,
Os passarinhos cantando.

Feliz aquele que planta
Disseminando semente,
No cuidado necessário
Em prol do meio ambiente,
Esforço que se converte
Num gesto benevolente.

A carnaúba é palmeira
Cuja existência irradia
Luz para a nossa cultura,
Aquecendo a economia.
Motivou, pois, esta lenda
Narrada aqui em poesia.

Os povos originários,
Num rito de sapiência,
Têm sido bons porta-vozes
Para gerar consciência.
Como tradição, a chamam
Árvore da Providência.

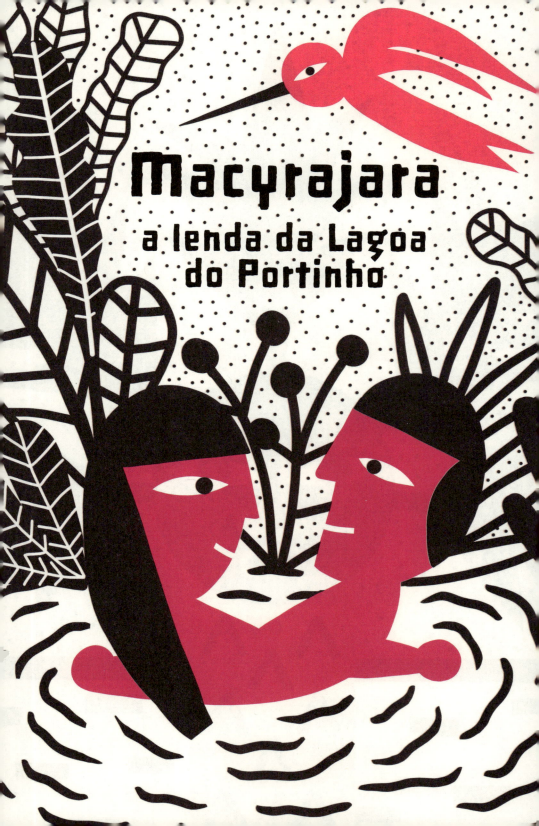

Sete lendas indígenas em cordel

Por este Brasil afora
Muita gente se aventura
Pelo universo lendário
Que fortalece a cultura,
Revisitando saberes,
Com revisão de postura.

Nas minhas breves andanças,
Quero revelar aqui:
Saí de Campo Maior,
Passei em Piripiri,
Com destino a Parnaíba,
No norte do Piauí.

Chegando lá me alojei
E comecei a assuntar.
Com jeitinho esmiucei
A sabença popular
E recolhi dos mais velhos
Histórias desse lugar.

Às margens do Igaraçu,
Escutei com muito alinho
Uma história comovente,
Entre o povo ribeirinho,
Da índia Macyrajara
Da Lagoa do Portinho.

Pedro Monteiro

Essa grande comoção
Nos revela a valentia
Da nação dos Tremembés
Ante um conflito que havia
E a luta pela defesa
Da sua soberania.

O valente Botocó
Era o cacique dali,
Uma aldeia muito vasta.
Mas os conflitos ali
Sempre foram dos mais tensos
Da costa do Piauí.

Botocó também queria,
Além de ser respeitado,
Que se reverenciasse
Do povo o grande legado,
Pois jamais terá história
Quem desconhece o passado.

E que fosse observado
Mais um sábio ritual,
Para se manter alerta
Contra o espírito do mal:
Nenhum membro se casasse
Dentro da nação rival.

Sete lendas indígenas em cordel

Mas, por arte do destino,
Num agito comovido,
Aquele clima sereno
Como vento foi despido,
Por motivo do advento
De um grande amor proibido.

Foi numa manhã de sol
Que tudo isso começou:
Enquanto caçava mel,
A Macyrajara olhou
Pra outra margem do rio
E o jovem avistou.

E esse formoso guerreiro,
Membro da nação rival,
Às vezes por bel-prazer
Promovia um vendaval.
Por isso mesmo era visto
Como semblante do mal.

Ubitã era o seu nome,
Na sua aldeia exaltado,
Porém, para os tremembés,
Só um desequilibrado,
E por isso Botocó
Recomendava cuidado.

Pedro Monteiro

Como o coração não tem
As balizas do pensar,
Um encantamento alado
Faz a mente viajar.
Com isso, os olhos da alma
Não podem tudo enxergar!

Macyrajara era a jovem
Mais bonita dessa aldeia.
Quando seus olhos o viram,
Não pôde ficar alheia
Aos encantos de Ubitã
Sobre uma pedra de areia.

Logo que avistou o moço,
Faltou-lhe a respiração.
Sentiu grande rebuliço
Pelas vias da paixão,
Uma flechada de amor
Afagando o coração.

Quando soube desse encontro,
Botocó mandou trancar
Sua filha numa oca
E, com isso, soterrar
O desejo de Ubitã
De com ela se casar.

Sete lendas indígenas em cordel

Só depois de duas luas
Macyrajara avistou
Um beija-flor a zanzar
Que no seu cocar pousou.
Ela deu-lhe uma beijoca,
Depois assim lhe falou:

– Meu beija-flor encantado,
Faça um favor para mim...
Vá até o meu amado,
E se ele disser assim:
"Minha flor está saudosa?",
Por favor, diga que sim.

Depois também diga a ele
Que o cacique me escondeu,
Conte o lugar onde estou
E o sofrimento meu.
Sou um espírito à espera
Do que Tupã prometeu.

Só mais tarde, noutra aldeia
Onde Ubitã se encontrava,
O beija-flor lhe levou
Signo que denunciava...
Cada movimento seu
O guerreiro decifrava.

Pedro Monteiro

Diante do mensageiro,
Muito inquieto ele ficou.
Invocou o deus Tupã,
Que logo sinalizou
Situação de perigo,
Depois assim lhe falou:

– É bom ter muito cuidado
Com a voz do chamamento,
Pois pode haver armadilha
Por trás desse movimento,
Que pode acabar selando
Seu derradeiro momento.

Mas Ubitã seguiu firme
Pra libertar seu amor.
Ao chegar perto da oca,
Sentiu no peito uma dor
De uma flechada letal
Vinda de um atirador.

Com a morte de Ubitã,
Macyrajara deixou
Aquela oca onde estava
E muito triste chorou.
Saiu andando sem rumo,
Sob uma sombra clamou:

Sete lendas indígenas em cordel

– Tupã, o que me fizeste?
Ninguém mais será por mim...
E por que este meu castigo
Tem que ser tão forte assim?
Com esta sentença tua
Meu sofrer não tem mais fim!

Ante aquele acontecido,
Ela ficou desolada,
Temendo que cada povo
Entrasse em guerra acirrada,
E, mesmo sendo inocente,
Ela sentiu-se culpada.

Em desespero e tristeza,
Seu pranto não foi à toa
E rolou criando um veio,
Dando início a uma gamboa,
Mais a nascente na gruta
Formando a grande lagoa.

Cada gota convertida
Num verdadeiro acalanto
Separou duas nações
Com o aprazível encanto
De uma lagoa formada
Pelos mistérios do pranto.

Pedro Monteiro

Dizem que Macyrajara,
Em forma de passarinho,
Habita essa região
E que ali construiu ninho,
Entre outros ditos lendários
Da Lagoa do Portinho.

Enlevo que impressiona
Desde o momento primeiro,
Suas atraentes dunas
Formam um belo roteiro
E com esse encanto chamam
Turistas do mundo inteiro.

Agora vou terminar,
Dando a missão por cumprida,
Com os exemplos narrados
De uma paixão proibida
E da importância que tem
Tupã no curso da vida.

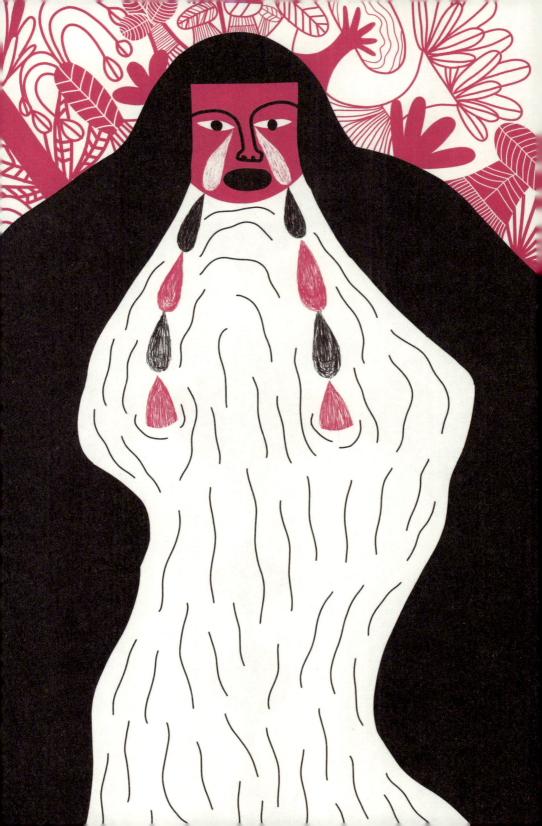

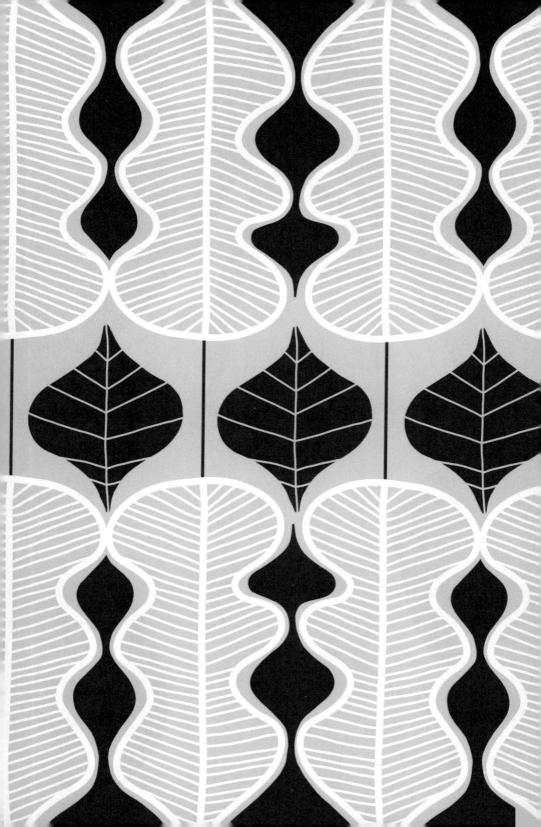

O autor

Pedro Monteiro é poeta cordelista, nascido em 25 de março de 1956, em Campo Maior, Piauí. Teve uma infância tipicamente roceira, numa casa de taipa coberta de palha, ouvindo contos e histórias à luz de lamparina e, principalmente, nos terreiros enluarados.

Tem raízes fincadas no interior do Nordeste, onde viveu até seus dezessete anos, e depois na periferia paulistana, inserido nas lutas por desenvolvimento humano e justiça social. Dentre suas publicações, destacam-se: *A volta ao mundo em oitenta dias* em cordel (Nova Alexandria), adaptação da obra de Júlio Verne; *João Grilo, um presepeiro no palácio*, folheto que integra a *Antologia do cordel brasileiro* (Global); *José e Marina* (Edicon); *Os dois irmãos – a história de Anepu e Batau* (Edicon); *Chicó, o menino das cem mentiras* (Luzeiro); e *O triunfo do poeta no reino do cafundó* (Luzeiro). Com o presente trabalho, fruto de muitas leituras, mas também de suas vivências, o autor se reencontra com sua ancestralidade indígena.